Tristan et Iseult

FichesdeLecture.com

Tristan et Iseult
(Fiche de lecture)

I. INTRODUCTION

Le récit de Tristan et Iseult fait partie des romans arthuriens et chaque auteur, au fil des siècles a modifié le mythe initial. Dans un premier temps l'histoire de Tristan et Iseult s'est transmise de façon orale, c'est à partir du XIIe siècle qu'il y a eut des écrits. Ce « conte d'amour et de mort » a une origine celtique. Plusieurs auteurs ont retranscrit le mythe, les plus célèbres versions sont celles de Béroul et de Thomas d'Angleterre, celle de Chrétien de Troyes a été perdue. Elles furent rapidement adaptées en allemand et en norvégien. Cependant, c'est grâce au *Tristan* en prose (vers 1230) que la diffusion s'est développée. Tristan y devient un chevalier de la Table ronde, avide d'aventures et de joutes. Le *Tristan* en prose a été diffusé dans toute l'Europe où il a connu plusieurs adaptations.

Entre 1900 et 1905, Joseph Bédier a reconstitué une version « complète » de la légende. Le récit de René Louis publié en 1972 s'inscrit dans la lignée des contes celtiques caractérisés par la passion, la fureur et la haine avec des éléments magiques, des personnages surnaturels et des grands faits d'arme.

Beaucoup considèrent Tristan et Iseult comme une œuvre fondatrice de la littérature occidentale bien qu'il n'existe pas qu'un seul texte, mais plusieurs. En effet l'histoire de Tristan et Iseult a connu de nombreuses adaptations telles que le drame musical en trois actes de Richard Wagner.

II. *RÉSUMÉ*

Marc, le roi de Cornouailles, est attaqué par des envahisseurs il demande alors de l'aide à Rivalen, roi de Loonois. Blanche- Floeur, la sœur de Marc et Rivalen tombent amoureux, ils se marient mais le roi de Loonois doit repartir au combat. Blanche- Floeur découvre qu'elle attend un enfant. A sa naissance, elle choisit de l'appeler Tristan exprimant son malheur et sa tristesse, elle meurt peu de temps après. Tristan est élevé par Gouvernal qui lui donne une très bonne éducation et lui apprend le maniement des armes, la chasse et le chant.

Des années plus tard, Tristan se retrouve en Cornouailles, il est remarqué à la cours du roi Marc grâce à ses talents. Lorsque Gouvernal informe Marc que Tristan est son neveu, il le prend sous sa protection. Chaque année, le géant Morholt, frère du roi d'Irlande se rend en Cornouailles et vient chercher son dû. Face à cette injustice Tristan veut lutter contre le géant. Il demande à son oncle de le faire chevalier pour qu'il puisse affronter le Morholt. Ils se battent, Tristan sort victorieux du combat cependant il est touché par un poignard empoisonné. Seule la fille du roi d'Irlande peut guérir la blessure de Tristan. Il se fait soigner par la sœur de Morholt, en échange il enseigne la harpe à sa fille Iseult. Il se fait appelé Tantris en Irlande pour ne pas être reconnu puis il repart en Cornouailles.

A son retour il doit faire face à la jalousie des barons de son oncle qui craignent que le roi Marc ne fasse de Tristan son héritier. Ils veulent que le roi se marie et ait un héritier, Marc annonce qu'il ne se mariera qu'avec la jeune fille à qui appartient le cheveu blond qu'un oiseau lui a apporté. Tristan sut immédiatement qu'il s'agissait de la fille du roi d'Irlande, Iseult qui avait pendant son séjour, pansé ses blessures. Il proposa donc à son oncle de partir la séduire pour le roi et de la ramener au royaume.

Il se déguisa en marchand et apprenant qu'un dragon semait la discorde dans le pays. Il décida de le tuer, mais un autre homme, voulut s'approprier sa victoire. Iseult et sa mère découvrirent Tristan blessé par le dragon près du cadavre de celui-ci. Quelques jours plus tard, Tristan demanda au roi d'Irlande la main de sa fille au nom de Marc. Il accepta en pensant que ceci faciliterait les relations entre les deux royaumes. Iseult fut très en colère : elle ne voulait ni quitter son pays, ni épouser un homme qu'elle ne connaissait pas. Pour la rassurer, sa mère lui fabriqua un vin herbé, un philtre d'amour pour qu'elle le boive avec son futur mari : ceux qui le boiront s'aimeront de tous leurs sens et de toute leur pensée, à toujours dans la vie et dans la mort.

Lors de la traversée de l'Irlande vers la Cornouailles, Brangien, la servante versa le philtre de sa maîtresse et le fit boire à Tristan en compagnie d'Iseult. Ils tombent alors éperdument amoureux l'un de l'autre. A leur arrivée, Iseult sa maria avec le Roi. Elle demanda alors à sa servante vierge Brangien de la remplacer pendant la nuit de noces. Kariado, un ami du Roi découvrit la relation des amants et la révèle à Marc. Celui- ci questionna sa femme, qui par de nombreuses ruses parvient à le détourner de ses doutes. Mais sur les conseils des félons Marc envoie Tristan à l'étranger. Tristan ne quitta pas la ville et le nain informa le roi de l'heure et du lieu du rendez vous d'Iseult et Tristan. Le roi se cacha dans un arbre mais les amants l'avaient vu et ils jouèrent la comédie.

Une nuit Tristan alla voir la reine, le roi Marc en colère, les condamna au bûcher. Ils réussirent à s'échapper et restèrent dans la forêt, cachés pendant deux ans, à chasser, à manger des baies. Un jour le roi Marc, au courant de la cachette dans les bois s'y rendit. Lorsqu'il arriva ils dormaient paisiblement, alors au lieu de les tuer pour se venger, il échangea son épée avec celle de Tristan sa bague avec celle de sa femme et posa un gant sur leur abri. Ces signes signifient que le roi les pardonne. Le philtre, censé durer deux ans se termina quelques jours plus tard. Les amants se séparèrent, Iseult rentre à la cours du roi et Tristan la quitte mais reste chez un forestier quelques temps.

Des conseillers du roi soupçonnent toujours Iseult de ne pas être fidèle. Elle est contrainte de prêter serment alors Tristan se déguise en lépreux et la transporte sur ses épaules. Elle jura qu'entre ses jambes n'étaient passés que le roi Marc et ce lépreux, Tristan que personne ne reconnut. Tristan part alors en Bretagne et tua Gondoïne, un ennemi. En petite Bretagne il combattit pour un petit royaume menacé et se maria avec Iseult aux blanches mains, fille du roi mais il ne l'aimait pas.

Kaherdin, le frère d'Iseult aux blanches mains, également ami et confident de Tristan lui apprit qu'il était fou d'amour pour une jeune femme mais elle était mariée à un nain violent. Ils allèrent la voir et un long combat s'engagea entre eux. Gorvenal fut tué et Tristan touché au flanc par une lance enflammée. Seule Iseult la blonde pouvait le sauver, il demanda à Kaherdin qu'on aille la chercher et ils convinrent d'un code, si elle acceptait, le serviteur hisserait une voile blanche dans le cas contraire, il hisserait une voile noire. Iseult aux blanches mains entendit la conversation et par jalousie quand le navire arriva elle déclara que la voile était noire. Tristan se laissa mourir. Iseult la blonde arriva trop tard ; elle pleura et mourut à ses côtés.

Les corps des amants furent remis au Roi qui fit construire une petit chapelle et les enterra. Il fit pousser des roses en souvenir d'Iseult et de la vigne pour Tristan. Les deux arbustes grandirent ensemble et ne firent plus qu'un.

III. *ANALYSE DES PERSONNAGES*

Tristan est un jeune homme brave et vaillant, le narrateur le surnomme le preux. Il fait preuve de beaucoup de courage au cours du récit, notamment lorsqu'il se bat contre le géant Morholt ou le dragon. C'est le fils de Rivalen, roi de Loonois, et de Blanche fleur, sœur du roi Marc. Comme ses parents moururent tôt il fut élevé par l'écuyer Gorvenal qui lui enseigna le maniement des armes, la chasse et le chant. Il possède une épée dont l'extrémité est brisée. Il tombe amoureux d'Iseult après avoir bu le philtre d'amour. Mais leur amour est impossible car c'est l'épouse du roi Marc. Il épouse Iseult, aux mains blanches mais ne l'aime pas. Tristan meurt après avoir combattu contre Bedalis, malheureusement Iseult la blonde arrive trop tard elle ne peut le sauver.

Iseult est la fille du roi d'Irlande et d'une magicienne. Elle est d'une beauté incomparable. Au début elle en veut à Tristan qui l'emmène loin de son pays pour épouser un homme qu'elle ne connait pas. Elle partage une grande amitié avec sa servante, Brangien : elle aime lui confier ce qu'elle ressent. Elle l'aide de nombreuses fois à échapper aux ruses des félons ou même du Roi Marc. Elle tombe amoureuse de Tristan après avoir bu le philtre d'amour et ne peut résister alors qu'elle est mariée au roi Marc. Iseult est un peu plus jeune que Tristan. Elle a de nombreux prétendants : ses cheveux blonds fascinent tout le monde. Elle meurt peu de temps après avoir retrouvé la dépouille de Tristan.

Marc est le roi de Cornouailles. Chacun le respecte pour ses grandes qualités : Il est noble, généreux, loyal, courageux, mais il peut aussi se montrer irascible, impressionnable et lunatique. On dit de lui qu'il possède des oreilles de cheval.

Brangien est la servante d'Iseult. Kaherdin la décrit comme une femme ayant les hanches plutôt basse, des yeux riants, de petites dents « menues » et des sourcils bien tracés. C'est elle qui a servi le vin herbé, philtre d'amour à Tristan et Iseult. Elle apprend la ruse à sa maîtresse notamment lorsque le roi Marc a des doutes sur sa fidélité, pour le serment sacré qu'elle doit prêter. Elle organise leurs rendez- vous secrets tandis que Tristan est censé être banni de Tintagel.

Gorvenal est l'écuyer de Tristan depuis que son père est mort. C'est grâce à lui que Tristan sait si bien manier les armes, la chasse et le chant, il lui a enseigné tous les arts. C'est un homme sage et réfléchit.

IV. *AXES D'ANALYSE*

L'amour

L'amour est évidement un des thèmes prédominants de ce roman, on retrouve plusieurs formes d'amour tels que l'amour courtois et impossible.

L'expression « amour courtois » n'apparaît que vers 1880 via Gaston Paris, cependant elle s'applique parfaitement aux romans de la Table ronde. Le héros, fidèle, généreux et discret, aime une belle dame, souvent d'un rang supérieur au sien et doit accomplir des exploits pour la conquérir, ici on remarque que l'amour qui naît entre Tristan et Iseult est le fruit d'un philtre d'amour qu'ils ont bu. Cette magie est irréversible et ils sont incapables de maîtriser leur désir. Le couple adultère formé par Tristan et Iseult à l'instar de celui de Lancelot et Guenièvre dramatise le conflit entre l'amour, la fidélité dans le mariage et les devoirs du vassal envers son seigneur.

Cet amour est de surcroît impossible dès le début, ils ne peuvent résister à l'attirance qu'ils éprouvent l'un envers l'autre mais ne pourront le consommer que cachés dans la forêt, c'est-à-dire en dehors de la société ou de la cours de roi Marc ou après la mort. D'ailleurs lorsque le roi Marc ramène les deux corps en Cornouailles, il les fait enterrer dans la même chapelle : « Mais pendant la nuit, de la tombe de Tristan jaillit une ronce verte et feuillue, aux forts rameaux, aux fleurs odorantes, qui, s'élevant par dessus la chapelle, s'enfonça dans la tombe d'Iseult. Les gens du pays coupèrent la ronce : au lendemain elle renaît, aussi verte, aussi fleurie, aussi vivace, et plonge encore au lit d'Iseult la Blonde. Par trois fois, ils voulurent la détruire ; vainement ».

Leur passion les torture l'un et l'autre, pour sauver l'honneur d'Iseult Tristan s'exile mais Iseult pense sans cesse à Tristan, et Tristan ne peut oublier Iseult. Pour vaincre cette fatale passion, il épouse en Bretagne Iseult aux Blanches Mains. Finalement Tristan meurt car il pense qu'Iseult refuse de venir le guérir et elle meurt lorsqu'elle découvre sa dépouille. Comme pour Roméo et Juliette de Shakespeare, les amants ne pourront vivre leur amour fatal et tragique que morts. Ils deviennent un mythe, une référence tant leur amour a su défier les autres bien qu'il les ait rendus malheureux.

Le merveilleux

Les romans arthuriens font une place importante au merveilleux. Ces récits de chevalerie dont les personnages sont issus d'un passé légendaire se déroulent dans un univers merveilleux avec des épisodes surnaturels. Il y a d'abord les objets magiques, comme le philtre d'amour puis les personnages magiques tels que la mère d'Iseult, le géant Morholt ou encore le dragon. L'imagination des auteurs est nourrie par des motifs merveilleux de la tradition celtique. De plus la dimension merveilleuse sert à alimenter la légende, le mythe, le caractère mystique de l'union qui lie Tristan et Iseult.

En outre, les lieux jouent un rôle prédominant dans le roman : la mer, constitue un espace merveilleux qui permet à Tristan de survivre à sa terrible blessure puis devient un barrage qui empêche Iseult de rejoindre Tristan à temps.

Il y a aussi la forêt synonyme de lieu mystérieux où les amants se rencontrent clandestinement et où ils vont vivre pendant deux ans.

Le caractère chevaleresque

Tout au long du récit, les héros font preuve de courage, Tristan lorsqu'il combat le géant et le dragon mais aussi Iseult qui le soigne et fait tout pour être auprès de son amant, quittant sa place de reine pour aller vivre dans la forêt.

Une large place est accordée à la vaillance et à l'honneur de Tristan qui se distingue à la cour du roi Marc grâce à ses talents. De même, il est fidèle à Iseult la Blonde en ne consommant pas son mariage avec Iseult aux Blanches Mains.

Il y est également question de beaucoup de sacrifices dans ce roman, le roi Marc voudrait être toujours juste et miséricordieux, mais il se révèle faible et écoute les conseils de ses barons qui détestent son neveu, alors qu'il le considère presque comme son fils. Il leur pardonnera d'ailleurs quand il les trouve endormis dans la forêt.

Enfin, conscient de l'effet néfaste de leur amour sur leur entourage, les amants décident à contrecœur de se séparer, chacun vit malheureux de son côté. Ils seront réunis qu'à travers la mort : « Mais pendant la nuit, de la tombe de Tristan jaillit une ronce verte et feuillue, aux forts rameaux, aux fleurs odorantes, qui, s'élevant par dessus la chapelle, s'enfonça dans la tombe d'Iseult. Les gens du pays coupèrent la ronce : au lendemain elle renaît, aussi verte, aussi fleurie, aussi vivace, et plonge encore au lit d'Iseult la Blonde. Par trois fois, ils voulurent la détruire ; vainement ».

Dans la même collection en numérique

Les Misérables

Le messager d'Athènes

Candide

L'Etranger

Rhinocéros

Antigone

Le père Goriot

La Peste

Balzac et la petite tailleuse chinoise

Le Roi Arthur

L'Avare

Pierre et Jean

L'Homme qui a séduit le soleil

Alcools

L'Affaire Caïus

La gloire de mon père

L'Ordinatueur

Le médecin malgré lui

La rivière à l'envers - Tomek

Le Journal d'Anne Frank

Le monde perdu

Le royaume de Kensuké

Un Sac De Billes

Baby-sitter blues

Le fantôme de maître Guillemin

Trois contes

Kamo, l'agence Babel

Le Garçon en pyjama rayé

Les Contemplations

Escadrille 80

Inconnu à cette adresse

La controverse de Valladolid

Les Vilains petits canards

Une partie de campagne

Cahier d'un retour au pays natal

Dora Bruder

L'Enfant et la rivière

Moderato Cantabile

Alice au pays des merveilles

Le faucon déniché

Une vie

Chronique des Indiens Guayaki

Je voudrais que quelqu'un m'attende quelque part

La nuit de Valognes

Œdipe

Disparition Programmée

Education européenne

L'auberge rouge

L'Illiade

Le voyage de Monsieur Perrichon

Lucrèce Borgia

Paul et Virginie

Ursule Mirouët

Discours sur les fondements de l'inégalité

L'adversaire

La petite Fadette

La prochaine fois

Le blé en herbe

Le Mystère de la Chambre Jaune

Les Hauts des Hurlevent

Les perses

Mondo et autres histoires

Vingt mille lieues sous les mers

99 francs

Arria Marcella

Chante Luna

Emile, ou de l'éducation
Histoires extraordinaires
L'homme invisible
La bibliothécaire
La cicatrice
La croix des pauvres
La fille du capitaine
Le Crime de l'Orient-Express
Le Faucon malté
Le hussard sur le toit
Le Livre dont vous êtes la victime
Les cinq écus de Bretagne
No pasarán, le jeu
Quand j'avais cinq ans je m'ai tué
Si tu veux être mon amie
Tristan et Iseult
Une bouteille dans la mer de Gaza
Cent ans de solitude
Contes à l'envers
Contes et nouvelles en vers
Dalva
Jean de Florette
L'homme qui voulait être heureux
L'île mystérieuse
La Dame aux camélias
La petite sirène
La planète des singes
La Religieuse

À propos de la collection

La série FichesdeLecture.com offre des contenus éducatifs aux étudiants et aux professeurs tels que : des résumés, des analyses littéraires, des questionnaires et des commentaires sur la littérature moderne et classique. Nos documents sont prévus comme des compléments à la lecture des oeuvres originales et aide les étudiants à comprendre la littérature.

Fondé en 2001, notre site FichesdeLectures.com s'est développé très rapidement et propose désormais plus de 2500 documents directement téléchargeables en ligne, devenant ainsi le premier site d'analyses littéraires en ligne de langue française.

FichesdeLecture est partenaire du Ministère de l'Education du Luxembourg depuis 2009.

Plus d'informations sur www.fichesdelecture.com

ISBN: 978-2-511-03012-7

Notes :